AF310546

5492.

O. 12.

Michel de
Cabañas. de Palmezeaon

10033

ye

RÉPONSE

D'UN JEUNE PENSEUR

A MADAME

LA COMTESSE DE B***.

À AMSTERDAM,

Et se trouve à Paris

Chez MONORY, Libraire de S. A. S.
Monseigneur le Prince DE CONDÉ,
rue de la Comédie.

M. DCC. LXXIV.

AVERTISSEMENT.

Un Ouvrage charmant de Madame
la Comtesse de B***, intitulé: A tous
les Penseurs, Salut ; a été l'occasion
de celui-ci , qui est moins une réponse
directe qu'une esquisse rapide des mœurs
des Femmes ; heureux si l'on peut mé-
riter leur sourire !

RÉPONSE
D'UN JEUNE PENSEUR
A MADAME
LA COMTESSE DE B***.
O U
ÉPITRE SUR LES FEMMES.

Qui ? Nous ? Refuser la raison
A celles qui tournent nos têtes,
Et qui, dans leur belle faison,
Comptent leurs jours par leurs conquêtes !
Laiffons à quelque jeune fat
Un paradoxe ridicule ;
Ton efprit fin & délicat
Fait bien mentir ton opufcule
Qui ne l'eft que par le format.

A ij

Sans doute tu connois l'hiſtoire
De ce peuple de fous charmans ;
Braves guerriers, légers amans,
Guidés par l'amour & la gloire,
A nos François ſi reſſemblans :
Eh bien ! chez la belle Aſpaſie,
Dont tu poſsèdes le génie,
Socrate étudia long-temps.
Socrate pourtant que l'Envie
A fait expirer ſous ſes coups,
Socrate paſſa dans ſa vie
Pour le plus ſage de ces fous.

DE mon ſexe Philoſophique,
Oui, votre ſexe eſt le rival ;
Oui, j'admire en vous le moral,
Mais je goûte aſſez le phyſique.
Comme un autre je ſais priſer
Les vers charmans de nos Corines ;
Mais je préfère un doux baiſer
Pris ſur leurs lèvres purpurines.

[5]

Jouir , voilà ma paſſion :
Dans un' cabinet de toilette
J'aime mieux cueillir le bouton
Qui point ſous une colerette,
Que le laurier verd d'Apollon :
Un boudoir eſt mon Panthéon,
Je ſuis plus amant que Poëte.
J'ai lu jadis certain Auteur,
Penſeur froid & mélancolique,
Qui vous refuſe une ame, un cœur.
Même en admettant ſa logique,
Vous ſeriez, à n'en pas douter,
Un chef-d'œuvre de mécanique,
Qu'un Dieu ſeul pouvoir inventer.

Mars que de préſens la Nature
Vous a faits pour nous enchaîner !
Loin de moi l'art de les orner
Par une frivole impoſture.
Laiſſons à Vénus ſa ceinture,
Vieux tréſor du bel Adonis ;

Laiſſons à Flore ſa parure,
Laiſſons-lui ſes roſes, ſes lis,
Que le temps n'a jamais flétris,
Quoiqu'ils ſoient nés avec le monde ;
A l'Aurore qui ſort de l'onde
Laiſſons ſes éternels rubis.
Fuyez, peintures rebattues,
Pour faire place aux vérités ;
Et vous, mes ſeules Déités,
Venez : aux Mortels enchantés
Je veux offrir vos grâces nues....
Mais, ſur votre front irrité,
Quel rouge ſoudain eſt monté !
Déjà votre pudeur s'alarme,
Vous craignez ma témérité :
Ah ! voilà votre plus doux charme,
La Pudeur vaut bien la Beauté.
Oui, oui, je ſaurai me contraindre :
Quel délire alloit m'égarer !
Infortuné ! Je voulois peindre
Tout ce qu'on ne doit qu'adorer.

Et puis pour bien rendre une Belle,
En vain, fur le marbre infidèle,
S'épuife l'art de Phidias.
Vos charmes que mon œil dévore,
M'annoncent ceux qu'il ne voit pas ;
Et quand je compte ces appas,
Mille autres s'empreffent d'éclorre.

VOUS pouvez bien nous pardonner
D'avoir fur vous un trifte empire ;
Eh ! que dis-je ? Pour dominer,
Un feul regard peut vous fuffire.
Vaincre chez vous n'eft que féduire :
Mais attendrir c'eft gouverner.

SANS vous connoître, on vous defire :
Un charme vers vous nous attire
Qui nous défend d'examiner :
Vos rigueurs ou votre fourire,
Ainfi qu'il vous plaît d'ordonner,
Font le bonheur ou le martyre :
Que faut-il de plus pour régner ?

A iv

Le Sage que le monde admire
Près de vous vient déraisonner :
A vos pieds le Barbon soupire,
L'Enfant des arts y met sa lyre,
Le Héros ses sanglans lauriers,
Les fiers Sultans leur cimeterre,
Les Grands leurs cordons, leurs mortiers,
Et les Dieux même leur tonnerre.

CES TITRES feroient superflus
Aux yeux que la Sagesse éclaire ;
Votre cœur de mille vertus
Est l'asyle & le sanctuaire.
C'est là que siégent les Amours
Dépouillés de carquois & d'aîles,
Les Amours tendres & fidèles
Qui font le bonheur de nos jours,
Et trop peu choisis pour modèles,
Pleins d'audace & de vanité,
Nous courons après les fantômes
D'une fausse immortalité ;

Qu'il eſt parmi vous de grands Hommes
Qui n'ont point de célébrité !

Toi que la Parque meurtrière
Moiſſonna dans tes plus beaux ans,
Ainſi que la fleur printanière
Qu'abattent des ciſeaux tranchans ;
Toi qui n'es plus, ma tendre Mère,
Que le triſte objet de mes chants :
Combien j'aime mieux ta mémoire
Que le nom de tous les Héros
Immortaliſés dans l'Hiſtoire,
Du monde ſuperbes fléaux !
Sur ton front étoit la décence,
La majeſté dans ton maintien ;
Dans ton cœur étoit l'indulgence,
L'humanité, la bienfaiſance :
C'eſt toi qui gravas dans le mien
Le goût du beau, l'amour du bien,
Et, ſur-tout, la reconnoiſſance.
Qu'avec plaiſir je me ſouvien

Que c'eft toi qui fus mon foutien
Dans l'âge foible de l'enfance !
Ce n'eft que par toi que je penfe,
Que je fúis Homme & Citoyen.

Parmi les noms que l'on admire
Ton nom ne paroîtra jamais ;
Toujours tu cachas tes bienfaits,
Et fis des heureux fans le dire.

Jamais il ne fera cité
Avec le nom fi refpecté
Des Rois fameux, des grands Poëtes ;
Mais fous l'ombre de nos retraites
Il fera toujours répété,
Toujours béni , toujours chanté,
Toujours en mon ame attendrie
Il portera la volupté.

Il vaut bien mieux, en vérité,
Se faire adorer dans fa vie ,
Qu'étonner la Poftérité.

ET TOI, vertueufe Sophie,

Je te dois bien plus que le jour;
C'eſt toi qui fis naître l'amour
Dans mon ame encore aſſoupie.
Je t'adorai; mais à mon cœur
Ma flamme ne fut point fatale;
C'eſt près de toi, dans mon ardeur,
Que j'ai fait un cours de morale
Qui doit me conduire au bonheur:
Et je ne t'ai jamais quittée
Sans former le projet heureux
De devenir plus vertueux
Pour t'avoir plutôt méritée.

O Sexe que nous adorons,
Ainſi, bien mieux que nos Platons,
Bien mieux que tout l'Aréopage,
Vous rendez l'homme honnête & ſage,
En joignant l'exemple aux leçons.

Mais en tout je ſerai ſincère.
Je vois parmi vos qualités
Des défauts qu'on ne doit point taire,

Horace en trouva dans Homère,
Pâris à deux Divinités.

QUAND vous êtes belles, Mesdames,
Vous le savez trop quelquefois;
Et vous aimez par trop ces Femmes
Dont on vante peu le minois.
La charité n'est point un vice ;
Mais fuyons toujours les excès.
Avec des yeux moins satisfaits,
Vous voyez la Beauté novice
Qui n'a qu'un cœur & des attraits.
Frappé d'une atteinte cruelle,
Si l'Homme sensible & discret
Vous adore avec le projet
De vous être à jamais fidèle,
A cet Amant presque parfait
Qui brûle d'une ardeur Divine,
Vous préférez un Perroquet,
Un joli Magot de la Chine ;
Ou bien un de ces Etourdis

Formé par nos tendres Laïs ;
Qui chaque jour, avec délices ;
Vous entretient de ses Coureurs,
De son Boudoir & des Coulisses,
Et s'imagine avoir des mœurs
Parce qu'il est las des Actrices.
Vous raillez sur le meilleur ton,
Notre Latin & nos Ecoles,
Notre Droit Civil & Canon,
Et ne savez qu'être frivoles.
Vous prônez un joli-sermon,
Un Madrigal, une Chanson,
Un nouvel Opéra comique,
Et sifflez sans compassion,
Un bel Ecrit philosophique.
Par fois montrant beaucoup d'amour
Pour acquérir une science,
Vous retenez un Calambour,
Vous oubliez une Sentence.
Vos goûts changent comme vos cœurs:
Tantôt Astronomes superbes ,

Des Cieux vous fondez les hauteurs;
Un jour, vous jouez des Proverbes,
L'autre, vous avez des vapeurs.
Une sorte de sympathie
Vous fait aimer les Papillons;
Dans le Cabinet des Buffons,
Auprès d'une belle Momie,
Vous les rangez par bataillons.
Le matin, sous votre Cornette,
Vous traitez de malheurs en l'air
Tous ceux dont l'Homme s'inquiète,
Vous plaisantez sur la Comète,
Et vous avez peur d'un Eclair.
Poëte, Orateur, Géographe,
Homère, Descartes, Platon,
Vous lisez tout, jusqu'à Newton,
Et vous ignorez l'Orthographe.
Enfin, après un bel Été,
Quand sous les doigts de la Vieillesse,
Les roses de votre beauté
Ont perdu leur vivacité,

Et leur fraîcheur enchanteresse,
On rappelle alors trop souvent
Combien jadis on fut jolie,
Et trop volontiers on oublie
Qu'on ne l'est plus dans ce moment.

Tous ces défauts-là sont les vôtres :
Je n'ai dit que la vérité ;
Mais, en faveur de la Beauté,
Je vous en passerais bien d'autres.
Deux Dieux, implacables rivaux,
Donnèrent l'existence au monde ;
A l'envi, d'une main féconde,
Ils sèment les biens & les maux.
Des Zéphirs la troupe enfantine
Souffle le frais dans ce vallon ;
Au fond de la forêt voisine
Dort l'impétueux Aquilon ;
La Rose porte son épine,
Et l'Abeille son aiguillon.
Que ces Dieux, maîtres de la Terre,

Vous en ôtent, pour un inſtant ;
Le plus délicieux parterre
Devient un déſert effrayant.
Plus de jeux, de fêtes, de danſe ;
Les Arts perdent leurs agrémens,
Le Commerce ſon abondance,
Les Cœurs tendres leurs ſentimens ;
Le Vertueux ſa récompenſe ;
Et l'Homme, ainſi qu'aux premiers tems,
Compagnon d'une vile engeance,
Dans les bois ſe nourrit de glands.
Du creux de nos forêts psofondes,
C'eſt vous qui nous avez tirés ;
Nous étions jadis ſéparés
Par l'immenſe rempart des ondes ;
Et vos pompons, & vos rubans,
Sont les nœuds légers & charmans
Qui réuniſſent les deux Mondes.

Suivez-moi chez les Muſulmans ;
Parcourons ces triſtes contrées,

Où dans des prisons abhorrées
Vous tiennent de vils surveillans.
Dans les tourmens & le silence,
Là, l'esclave maudit ses fers;
Le Chef des Noirs son existence;
Et le Dervis son abstinence.
Là, tout ressent d'affreux revers
Sous le joug de la dépendance;
Là, l'aimable & jeune Beauté
Qu'un bras insolent a ravie
A ceux dont elle tient la vie,
Gémit sur sa captivité,
Soupire, & son œil attristé
Se tourne encor vers sa Patrie....
Là, souvent une bouderie
Fait sauter la tête aux Visirs;
Et cherchant en vain des desirs,
Le Sultan lui-même s'ennuie
Au milieu de ses froids plaisirs.
Chez l'heureux François, au contraire,
Qui vous laisse la liberté,

Vous faites naître la gaieté,
Le don d'aimer & l'art de plaire,
Et menez en lesse légère
Tous les Habitans de Cythère,
Les Plaisirs & la Volupté.
Nous vous devons notre richesse,
Notre luxe utile, nos goûts,
Et les talens de toute espèce,
Dont tous nos voisins font jaloux.
Enfin nous sommes cette pierre,
Brute encore, informe & grossière
Lorsque Golconde la produit;
Et vous êtes le Lapidaire
Dont l'heureuse main la polit.

E P I L O G U E.

PARDON, Mortelles adorables,
Pardon, si dans un noir accès,
J'ai peint vos travers respectables
Pour servir d'ombre à mes portraits.

Si vous aviez pris pour modèle
L'Etre charmant que je connois,
Si vous aviez de Beauharnais
L'esprit, la grâce naturelle,
De mes crayons trop ingénus
Jamais vous ne pourriez vous plaindre;
Elle est Minerve, elle est Vénus;
L'Ariftarque n'auroit pu peindre
Que des charmes ou des vertus.

FIN.